L'EXPÉDITION

DE MORÉE.

IMPRIMERIE DE BÉTHUNE, RUE PALATINE, N° 5.

L'EXPÉDITION

DE MORÉE.

Pot-Pourri.

A PARIS,

CHEZ LES MARCHANDS DE NOUVEAUTÉS.

1829.

L'EXPÉDITION

DE MORÉE.

Pot-Pourri.

⸺ ⸺

Air : *Chantez, dansez.*

Amusez-vous, allez au bal,
Sautez, dansez, belle jeunesse,
Nous sommes dans le carnaval ;
Ce n'est point un tems de tristesse :
La danse est dans l'ordre légal ;
Mais cela vous est bien égal.

Je n'aimai jamais à sauter,
Et pour égayer ma soirée,
Je vais m'amuser à chanter
L'Expédition de Morée :
Et puis j'enverrai ma chanson
A Monsieur le marquis Maison.

Air : *Je le compare avec Louis.*

Le Courrier crie : *Ordre du jour;*
La délivrance de la Grèce :
Ce goujon de nouvelle espèce
Chaque sot l'avale à son tour ;
Des journaux le club se rassemble,
Et le Courrier dit : « Il me semble
» Qu'il est bon (*bis*) de crier ensemble.» (*bis.*)

Air : *Des fraises, des fraises, des fraises.*

Le général des débats
Met donc sa bandoulière,
Celui des marchands de draps
Crie en petit fier-à-bras :
La guerre, la guerre, la guerre.

Air : *A boire, à boire, à boire.*

La guerre ! la guerre ! la guerre !
La guerre par mer et par terre !
La guerre est le cri des badauts
Qui sont les échos des journaux.

Air : *C'est un sorcier, c'est un sorcier.*

Dans la chambre démagogique,
Soudain plus d'un nouveau Titan
Ressent l'étincelle électrique
Tout comme Monsieur Gaëtan :
De nos ci-devant patriotes
Ces singes qui font mal au cœur
Vont criant à s'en faire peur :
Dussions-nous perdre nos culottes,
Dussions-nous manger du pain sec :
    Vive le Grec !
    Vive le Grec !

Air : Eh ! mais oui da , etc.

Pour délivrer l'Attique ,
L'Attique et cætera ,.
L'Opinion publique
Veut qu'on aille, on ira ;
  Eh ! mais oui da ,
Comment Mahmoud va-t-il trouver tout ça ?

Mirabeaux de fabrique ,
Si Balaam chez nous
Eut laissé sa bourrique,
Sa bourrique à vous tous
  Dirait : Oui da ,
Comment trouver quelque bon sens à ça ?

Air : Vive le vin.

Le rendez-vous est à Toulon ,
On pourra passer l'Hellespont ,

Voir l'Asie, aller jusqu'à Burse;
D'abord le général Tiburce
Promet un chemin tout uni;
Et puis l'institut a fourni
Monsieur Guizot pour Quinte-Curce.

Air : *Qu'il pleuve, qu'il vente ou qu'il neige.*

Partez, soit qu'il pleuve, ou qu'il neige;
Le départ il faut qu'on l'abrège,
Que de chevaux, que de ballots !
Que de chapeaux sont sur les flots !

Air : *Avec Bacchus et les amours.*

Sous les auspices du zéphir
La flotte se met en voyage ;
Chacun bien sûr de revenir
Sourit au plus doux avenir :
Chacun dit : Il faut convenir
Que nous faisons un beau voyage.

O Grèce, qu'il tarde à nos cœurs
De saluer ton beau rivage :
Terre des belles, des sculpteurs,
Des héros et des orateurs,
Nous sommes tous des amateurs :
Pour des Français quel doux voyage !

Air : *O filii ! ô filiæ !*

Général de l'opinion,
Le chef de l'expédition
Est Monsieur le marquis Maison,
Et pour raison,
Et pour raison :
C'est la raison
De la raison.

Air : *Malbrouck s'en va-t-en guerre.*

Maison s'en va-t'en guerre,
A qui Maison va-t-il la faire ?
Maison a touché terre;
Où porte-t-il ses pas ?

Où porte-t-il ses pas ?
Maison ne le dit pas ;
Ce sont là des mystères,
De Maison ce sont les affaires,
Dont les amis et frères
Diraient le mot tout bas.

Diraient le mot tout bas,
Ne demandez donc pas
Quand Maison va-t-en guerre,
A qui Maison va-t-il la faire ?
Maison fera la guerre
Ou ne la fera pas.

Ou ne la fera pas.
Car arrivé là-bas,
Maison pour ne rien faire,
Rien qui puisse au Grand-Turc déplaire,
Dira, faisant la guerre,
Nous ne la faisons pas.

Air : *En plein , plan , r'lan , tan , plan', etc. , etc.*

Notre invincible armement ,
En plein , plan , r'lan tan plan tire lire plan ,
Pense à son débarquement.
Ah que nous allons rire !
Ah que nous allons rire !
R'lan tan plan tire lire :
On dit : Messieurs, un moment;
R'lan , plan , r'lan tan plan tire lire plan ;
Notre invincible armement
Ma foi ne sait qu'en dire.

Air : *Réveillez-vous, etc., etc.*

C'est la voix des trois excellences ,
Le trio pacificateur ,
Qui parle au nom des trois puissances;
Chacun est bien leur serviteur.

Air : *Belle Raimonde.*

La voix dit : Sur ce rivage
Gardez-vous bien de rester :
Car Ibrahim déménage
Et vous allez tout gâter :
Que le diable vous confonde !
Notre homme fait ses paquets :
Ne dérangez pas son monde,
Laissez chacun comme il est.

Air : *Ne vla-t'il pas que j'aime.*

Maison dit : Cela n'y fait rien,
L'armée est en tenue,
Vos excellences voudront bien
La passer en revue.

Air : *De Joconde.*

Mais tout est calculé de près
    Chez les hauts diplomates :
L'un en chapeau rond vint exprès,
    L'autre presqu'en savates;
Sa seigneurie aux compliments
    Sans doute accoutumée,
Dit : Mais croirait-on que ces gens
    Viennent voir mon armée ?

Air : *C'est le meilleur homme du monde.*

Il arrive un gros homme brun,
Et qui relevait sa moustache;
C'est Ibrahim, a dit quelqu'un,
Qui du grand cercle se détache :
On le présente au général;
Ibrahim salue à la ronde,
Et chacun dit : Il n'est pas mal,
Il a l'air d'un homme du monde.

Air : *Quoi, ma voisine, es-tu fâchée ?*

Il marchait, le fier infidèle,
  Droit comme un pin ;
Il avait de l'ange rebelle
  Le regard fin ;
Et sa dure et noire prunelle
  Disait enfin
Qu'il était bien ce qui s'appelle
  Un fier lapin.

Air : *Lampons, lampons.*

Au banquet le verre à la main,
  On vit le prince africain
  S'exécuter des premiers,
  Disant : « Je bois aux guerriers ; »
  Puis en sablant le Champagne,
  Le Tokai, les vins d'Espagne,
    Il dit : « Buvons,
  » Camarades, buvons. »

Air : *De l'amant statue.*

En militaire,
Adieu, dit-il, braves Français :
Veuille Allah la paix, la paix ou la guerre !
Amis de loin, de loin comme de près,
Adieu vous dis, braves Français,
En militaire.

Air : *J'te casserai la gueule et la mâchoire.*

Sitôt qu'à la voile il a mis,
Le général dit : Mes amis,
A présent marchons à la gloire ;
Nos soldats prennent leurs fusils,
Mais les ennemis où sont-ils ?
Nom d'un chien,
Qu'ils s'tiennent bien,
On cassera leur gueule et leur mâchoire.

<hr>

Air : *Réveillez-vous, etc.*

Pour le coup la fièvre héroïque
Saisit le général Maison;
Voilà le corps diplomatique
Qui revint lui parler raison.

<hr>

Air : *Du mirliton, etc.*

Vous venez, mon capitaine,
Comme amis de la maison;
Notre onguent miton mitaine
Est ici mieux de saison
Que vos mousquetons, mousquetons,
    Capitaine,
Que vos monsquetons, tons, tons.

Air : *De la soirée orageuse.*

Ces bons Turcs sont chacun chez eux ,
Faites avancer votre armée;
Ce n'est que de leurs pots- aux-feux
Que vous pourrez voir la fumée :
Dans les combats vous ne ferez,
Nous l'attestons , aucunes pertes;
Car partout vous n'enfoncerez ,
Messieurs , que des portes ouvertes.

Air : *Ciel ! l'univers.*

Pourquoi donner le signal de la guerre ?
Il est donné sous les murs de Coron :
Voilà qu'une vivandière
Reçoit sur son chapeau rond
Un coup de pierre !
Dieux ! quel affront !
Maison du bas en haut
Ne voit personne;
Maison ordonne ,
Marche en colonne
Et montez à l'assaut.

Air : *Du pas redoublé.*

Les colonels font vivement
  Avancer leurs cohortes ;
Tous les Turcs fort tranquillement
  Fumaient devant leurs portes.
Tiburce, la flamberge au vent,
  A dit : Sonnez trompette,
Et vous, grenadiers, en avant :
  Croisez la baïonnette.

Air : *De la croisée.*

Un chasseur (ils n'ont peur de rien),
Escaladait une croisée ;
Un Turc lui dit en bon chrétien :
Monsieur, la brèche est plus aisée ;
Il courut lui donner la main
Pour qu'il n'attrapât point d'entorse ;
A l'ordre on mit le lendemain :
  « Coron fut pris de force. »

Air : *Que ne suis-je la fougère.*

Ainsi le Turc sanguinaire
Que tel veut voir étouffé,
Offrait à l'armée entière
Et sa pipe et son café :
Mais c'est un ami funeste,
Je ne l'ai pas contesté;
Il peut vous donner la peste
Avec l'hospitalité.

Air : *Si des galans de la ville.*

Il fallut donc hors la ville
Tenir l'armée au bivouac :
Mais il n'était pas facile
Que chacun eut même un sac;
Pour qu'on ne fît rien qui vaille
Dans cette expédition
Le foin, l'avoine et la paille
Durent venir de Toulon :

Quoiqu'il ne fût pas facile
Que chacun eût même un sac,
Il fallut bien hors la ville
Tenir l'armée au bivouac.

AIR : *Femmes, voulez-vous éprouver.*

Hommes, voulez-vous éprouver
Ce qu'on sent à la belle étoile,
Quand on y couche sans trouver
Le plus petit morceau de toile,
Nos gens criaient jusqu'aux tambours,
En pestant après la nature :
Sol des beaux arts et des amours,
Que ta terre classique est dure !

AIR : *Avec les jeux dans le village.*

Le soldat sans voir un village,
Sentant un appétit urgent,
Cherchait des vivres, du fourrage,

5

Sans en trouver pour son argent ;
Il rencontrait sur son passage
Ruisseaux , bosquets , mais point de pain ;
Et je ne connais point d'ombrage
Qui mette à l'abri de la faim.

Air : *Vous m'entendez bien.*

Puis on croit , ce n'est pas pour rien ,
Que le Grec est un mauvais chien ;
Car du camp sans escorte....
Eh bien ?
Quand on passait la porte.....
Vous m'entendez bien.

Air : *Nous marierons dimanche.*

Oui le Grec là bas
Ne s'informe pas
Si votre cocarde est blanche ;
Et pour ses amis

Ou ses ennemis
Porte un poignard dans sa manche;
Enfant du sol
C'est vers le vol
Qu'il penche;
Et comme à Sparte
Il avait carte
Blanche;
Sur tout son prochain
Le Grec met la main
Un lundi comme un dimanche.

Air : *Sous le nom de l'amitié.*

Pour lui c'est par amitié
Que nous faisons la guerre;
Ne nous étonnons guère,
Pour prix de tant d'amitié,
Si Mahmoud au derrière
Nous donne un coup de pié,
A moitié
Par pitié,
Le tout de bonne amitié.

Air : *Allez-vous-en , gens de la noce.*

Ainsi finira la croisade ,
Qu'on nomme avec juste raison
Une libérale cacade ;
Car Monsieur le marquis Maison ,
Terminant sa belle ambassade ,
Mit son chapeau , puis dit ces mots :

« Allons-nous-en , mes camarades ,
» Car on tient de mauvais propos. »

Air : *Jeunes amans , cueillez des fleurs.*

Quinte-Curce part avec eux ,
Achevons son morceau d'histoire :
La Grèce nous fait les doux yeux ,
C'est payer bien peu tant de gloire.
Mais le Grec est fort libéral ;
Attendons, et laissons-le faire ;
Car dans Maison le général ,
Chaque libéral voit un père.

Air : *De la piété filiale.*

Ces chers enfants ils disent tous,
Au noble pair il faut qu'on pense,
Car s'il a bien mérité de la France,
Il n'a pas moins bien mérité de nous.
A sa couronne libérale
Ajoutons donc quelques fleurons :
Sur l'enveloppe après nous écrirons :
Récompense nationale.

Air : *M. le prevôt des marchands.*

Dans ses armes on va donc voir
Deux petits canons en sautoir,
Tous deux armés de leurs canules,
Et pour vœu de la nation :
Devise en lettres majuscules :
C'est pour l'évacuation.

Air : *Que Pantin sera content.*

Que Maison sera content
D'avoir cette récompense !
Maison sera-t-il content ?
Il n'en a pas l'air pourtant ;
Je vois mal apparemment ;
Je me trompe assurément,
Car en arrivant en France
Maison sait ce qui l'attend.
Oui, Maison sera content
S'il est maréchal de France,
Et Maison sera content,
Messieurs, le bâton l'attend.
— Quoi ! le bâton, dira-t-on ?
Mais son appétit est donc
Encor plus grand que sa panse ;
Messieurs, je ne dis pas non ;
Mais je m'en vais tout de bon
Voir passer son excellence,
Malgré le qu'en dira-t-on,
A cheval sur son bâton.

Mon voisin, vous ne voyez rien
De ce que cela signifie :
Mon voisin, regardez-y bien,
Car c'est vous què l'on mystifie ;
Mettons, mettons à la raison
Nos libéraux et leur Maison,
     Ce sont, ce sont bien
Des Maisons qui ne valent rien.

Mais comme il faut être chrétien,
Ne nous mettons pas en colère ;
Contre eux pourtant nous aurons bien
Quelque petite chose à faire,
Monsieur Pincé, pour trois raisons,
Les loge aux Petites-Maisons :
     C'est bien, c'est fort bien,
Amen ! et je ne dis plus rien.

Air final.

Air : *Braves soldats.*

Fidèle armée, honneur de la patrie,
L'œuvre des Grecs est à ses ouvriers,
Rien n'y fut Grec, sinon la fourberie
Que l'imposture ourdit sur ses métiers :
Elle a dit : Guerre ! et vous avez dit : Gloire !
Vos nobles cœurs murmuraient du repos.
Vous avez cru ce que vous deviez croire,
Vous avez fait ce qu'ont fait vos drapeaux.

Aux libéraux il fallait leur campagne ;
Ces bons Français, ils ont, braves soldats,
Tous sur le cœur la campagne d'Espagne ;
Nos libéraux voulaient d'autres combats :
Tombent sur eux et la honte et le blâme !
C'est aux Bourbons qu'appartient votre sang,
Soldats, vos mains portent notre oriflamme,
Il reste pur, et le lis toujours blanc.

FIN.